JN329716

歌の鬼

野原水嶺
秀歌鑑賞

時田則雄 著

短歌研究社

師　野原水嶺（昭和52年頃　自宅にて）

目次

歌の鬼・野原水嶺秀歌鑑賞

『花序』

グラジオラスの開きかかりし緋の花序がひだり側にあり夜の灯を消す　二六

さかはぎに鱗はがるるいく年を経てきぬさらに幾年かへむ　二七

雫二つあひ寄りふくれ極限にいたるとみればひらめきて消ゆ　二八

海霧あらくたちまちかくす島影は歯舞かごめが逆しまにとぶ　二九

『本籍地』

こちらからも野火を放てばよろこびて火はわが拓地一帯に燃ゆ　三〇

移民地のわかきら巨樹を畏れねば斧に倒し火をはなちては焼く　三一

斧を樹にいきなり当てつ　移民われら怒気のごときをいつも持てれば　三二

パイオニア移民のわれは　夜より夜へ野火まもりSEXをわすれむとする　三三

移民とは逃亡者　われら薯うゑてまづ食らひ政治の域外にあり　三四

一毛作の秋また凶し未付与地の盗伐をしては米噌あがなふ　三五

神は不在の北限なればひとの妻をうばひきて移民の村おこしをり　三六

移民小屋のそこら箒ぐさの生ひはじむ真実はみなさびしがりゐつ　三七

政治圏外におかれて移民および二世たち　主義となすものを持つ　三八

野あやめの花を刈り来て雨の日は開拓小屋花にうづめたのしむ　三九

マッチの火つぎつぎ分ち最後の火われの煙草に移すとき消ゆ　五五
右からも左からも伸ばすどの手にも手をあづけ芥子の匂ひして病む　五六
芍薬のなかの一つが蝕ばめりあやまちて子を成せしかと悔ゆ　五七
たはむれてとびつつ蝶はあそべどもおほかた花を遠くはなれず　五八
刑務所の塀をめぐりて蝶とべり意味あるはずなきに立ちてみてゐつ　五九
善人にもまして悪人にもなりがたく緋の芥子白い芥子もろく咲きつぐ　六〇
軍歌ならば二つか三つは知れれども酒みだれざるうちに辞しきぬ　六一
ひとかかへ花活けむ壺　ひと枝のみさす壺花を欲りせざる壺　六二
赤い林檎　いづこの村のしあはせをうばひ来し店頭の灯にかがやくは　六三
オホーツクより続く流氷　はぼまひの沖まで移動しつつに散らばる　六四
入植の日より惜しみし楡一樹　価格にもふまず農地うられぬ　六五
神に匿《かく》れてなすにあらねど　背を向けてせばなしやすし人にくむにも　六六
白い芥子ばかり播きしに純血にとほくむらさきらしきがつぼむ　六七
無期囚徒ここにあつめて未開地の十勝ひらくと集治監あり　六八
木樵たち火にかざす掌のあらくれを誇りとなせり生木よく燃ゆ　六九

八四 われに十勝はつひにふる里かへりくれば荒くれ槲葉を重ねをり
八五 逆光に向ひて流れ十勝川ひかりひろごり空につづけり
八六 この月夜村を脱出せしものあり橇のあと逆にわが帰るなり
八七 体うちて放卵のとき水しぶきの緋の鯉いのちもみあふが見ゆ
八八 男ばかりの船北上し北上しとどまらず越境の鮭はとるとも
八九 酔へば唄ふ彼の春歌は一つのみ一つのみなればわれは和すなり
九〇 アイヌ墓地青笹むらにきりぎりす鳴かしてありきしきり鳴くこゑ
九一 日本海流二つに裂きて奥尻は四囲垂直にそぎ落したり
九二 野付半島は0メートル地帯湾を抱きえびとほたてとばかり養ふ
九三 えぞにうの伸びやはらかくぬき出でて花をつけきぬあはきみどりに
九四 農夫ひとり青鷺ひとつ立てる田にうしろを向きて耕してゐき

『常緑樹』

九五 長き橋渡り終らむとしてふり返りみれば従きくる人ひとり見ず
九六 なかば姦淫したる醜の男をたのもしと倚りゆき神をなげかせてきぬ
九七 直立の噴水の芯くづれつついきほひ玉となるときしぶく

わが死なば静かに門灯の灯を消すべし詠ひたきを詠ひ書きたきを書きし　一一三

『道』

富有柿みがきて机に並ぶればふるさと裕福な村に見えくる　一一四

貸しくれし蒲団に父子眠りたり移民第一夜外は雪降る　一一五

水噴きて生木の薪は燃えざれば火を吹き長子のわれは眠らず　一一六

まだ若くふとりし妻をもてること背負はれて庭の木蓮を見る　一一七

われを叱りてくるるひとりの在ることに甘えて粗相の日をくりかへす　一一八

ぬるま湯の風呂水に溶かし追肥せし茄子わかわかしむらさきの花　一一九

死に近き人のにほひをかぎ分けて軒の雀は窓をのぞかず　一二〇

木の根方石のまはりより溶くる雪見えねど手にとるやうに分かりぬ　一二一

この父をつひに許さぬ二人子のわが子ながらにいさぎよかりし　一二二

陽子がうたふ皿が割れる電話のベルが鳴る生活の音をききつつに臥す　一二三

この脚を一歩ふみ出すそこはもう違ふ世ならむそれだけのこと　一二四

「ありがたう」繰り返すとも尽きざればつひの別れのわれとてさみし　一二五

カバー写真　時田真理子 撮影
（二〇〇五年五月　時田農場の小麦畑）

歌の鬼・野原水嶺秀歌鑑賞

起重機のわれにまむかひ動くときうばはれて友と一歩おくるる

『花序』

「起重機」とは懐かしい言葉だ。いまはクレーンと呼ばれている。がしかし、「起重機」の方が迫力がある。「起重機」は一体何を吊しているのだろう。鋼材か、それともコンクリートのブロックか。鈍い音を轟かせながら長いアームをゆっくりと動かす「起重機」を口を開いてみている二人。「友と一歩おくるる」という転展の妙。明治男ならではの歌。

鉄を剪る刃物のごとく脳にくるひびきよ冬の首都はかなしき

『花序』

私は羽田空港に降り立つたびに腐臭のようなものを感じる。都心に着くと、賑やか過ぎてとてもこういう所では暮らせないと思う。北海道の田舎では聞くことの出来ない特異な「ひびき」に包まれている東京。田舎の静寂の中で暮らすのも一生《ひと》。大都会の騒音の中で暮らすのも一生《よ》。どちらもその人に与えられた定め。田舎生まれの水嶺には原野が相応しい。

背くらべの丈をきそひて彫り入れしあとかたあらず幹ふとりゐぬ

『花序』

故郷の岐阜県揖斐郡小島の上野に帰った際に詠んだ歌である。今は人手にわたっている屋敷に立つ懐かしい一樹。その樹には弟妹と「背くらべ」をした時の印があった筈だったのだが、更に成長した樹の皮は、それを包み込んでいた。世の非情とその大地に立ち続けて来た樹の生命力を感じる水嶺である。変わらない山河の表情に眼を潤ませる水嶺なのである。

くらぐらと冬の十勝をふりこめて鳥けだもののこゑさへきかず

『花序』

地球の温暖化の進行によりドカ雪が降るのが少なくなって来た。オホーツクの流氷もこの十年間に四十パーセントも減ったという。この「ふりこめ」る雪はドカ雪だ。それ故に「鳥けだもの」も行動が出来ない。ただし、少年だった頃の私はドカ雪が降るのが嬉しかった。冬の遊びを満喫出来たからだ。十勝《とかち》はアイヌ語のトカップ・ウシ＝乳房・ある処。

つくり土酸性かたくしひたげて盲のごとき農をさびしむ

『花序』

「つくり土」とは作物の育つ土、つまり作土のことを指しているのであろう。その土が酸性化しておれば適量のタンカルを施して矯正し、更に堆肥を撒布し、そして輪作を守れば、作土は「酸性かたくしひたげ」られることはない。が貧農は輪作を守れず、金になる作物を栽培しなければならない。鉄則を守る余裕などないのだ。「盲のごとき」が痛々しい。

集まれば冬のすさびのあら酒をむさぼるものに農に生きをり

『花序』

暇な冬期間の村会議《むらかいぎ》の様子を冷《さ》めた眼を通して詠いあげている。会議が終れば例のごとく酒盛が始まる。呑んでくだまき涙をこぼす者。「儲からねえ、儲からねえ」と愚痴をこぼす者。四十近くになってしまった倅《せがれ》に嫁が来ないと嘆く者。高過ぎる小作料。横柄な不在地主の態度。口角に泡を飛ばす面《つら》が浮かんで来る。哀しくも滑稽。水嶺の心は複雑である。

あすは発つわが家に酒をかかへきて酔ひ泣きわらひかはるがはるに

『花序』

教員時代の作。昔の村の学校の先生は、村人と共に暮らしていた。新年会・慰安旅行・忘年会。いつも行動を共にしていた。今とは違って転勤も少ない。この歌は長い長い付き合いを続けて来た村人達との別れの集いを詠っている。酒盛りは御世話になった子供のことはわずか。大方は猥談。中には立ちあがって踊る者も。微笑みながら手拍手をとる水嶺。

くわくこうのしばしば来てはなく声に人らうつむきて豆まきいそぐ

『花序』

「くわくこう」が鳴きはじめたら豆を播いてもよい、という先人の言は美事に当ってる。私の十勝の場合、鳴きはじめるのは早ければ五月の中旬である。豊穣の秋を夢みて、早朝から、夕べは薄暗くなるまで、野良に出て黙々と「豆」を播き続ける農民達のひたすらな姿を、元百姓水嶺はしっかりと詠んでいる。水嶺のその心にも豊穣の秋が膨らんでいるのだ。

幾山河とほき十勝に移りしを今におもへば是非もわかたず

『花序』

『花序』は水嶺五十三歳の時に上梓。長い歌歴とぬきんでた実力の持ち主にしては遅過ぎの感がする。師の許可がもらえなければだめだという時代だったからなのだろうか。この歌は小学校校長になった三十八歳の頃に詠ったものだ。水嶺は大農場主になることを夢み、家族を挙げて移住したのだが、凶作等により、夢は消えた。「わかたず」に揺れる壮年の心。

舌になめて下肥の腐熟を知るまでに徹する日あれ菊咲かむとす

『花序』

私は今日、五百トンほどの堆肥をパワーショベルを唸らせてきりかえしした。完熟を促進させるためだ。堆肥のにおいと立ち昇る白い水蒸気に包まれながら心が躍った。やはり私は百姓である。土作りには堆肥が必要。とはいっても完熟してなければならない。未熟堆肥は作物の成育に支障を来す。「下肥」も同様。「舌になめて」は水嶺から直接聞いた。

溝の汚臭になれてしまへば惧るることあらず惰性の椅子にわが凭る

『花序』

流しから出る濁った水を外に送り出していた、あの黒ずんだ色を滲ませていた木の樋《とい》と汚物の沈澱していた「溝」の底が浮かんで来る。人生の酸いも甘いも、人間の裏も表も知り尽してしまった水嶺である。人間《じんかん》に似た「溝の汚臭になれてしま」った水嶺が、「椅子に」ゆったりと「凭」れ、「時田君、まあ、そんなもんじゃよ、うん」という声が聞こえる。

グラジオラスの開きかかりし緋の花序がひだり側にあり夜の灯を消す

『花序』

ずばり凄い歌である。「グラジオラス」はアヤメ科の球根多年草。開いている時の花の姿が極めてなまめかしい。「開きかか」っている形からは女性の性器を想起する。なぜ「左側にあ」るのか。「夜の灯を消す」。男と女のドラマが今始まろうとしている。水嶺の歌といえば野望あふれる開拓詠がすぐ浮かんでくるが、一方では大胆な愛の歌も詠んでいる。

さかはぎに鱗はがるるいく年を経てきぬさらに幾年かへむ

『花序』

故増谷龍三はこの「さかはぎに鱗はがるるいく年」について次のように述べている。「情念を歌った作品に、現実と虚構を混同した非難が集中した。この頃から師観螢と袂を分つに至る『新墾』脱会までが、水嶺にとっては一番苦しい時期であった」。一方では家庭内においても揉め事が続いていたのか。いずれにしても、当時九歳だった私には知る由もない。

雫二つあひ寄りふくれ極限にいたるとみればひらめきて消ゆ

『花序』

水嶺がいちばん気に入っていた歌であり、色紙を頼まれるとよく書いていたと聞く。なぜだろう。この歌は単なる写実詠ではない。だとしたら全くつまらない。「雫二つ」は心と心とを寄せ合う男と女である。互いに求め合い、そして身も心も一つになり、「極限にいた」り、「ひらめきて消ゆ」。激しい性の営みの絶頂と終りを美事に表現した歌なのである。

海霧あらくたちまちかくす島影は歯舞かごめが逆しまにとぶ

『花序』

普通、旅行詠といえば報告的なものが多くつまらない。退屈である。だが水嶺の旅行詠はそうしたものとは一線を画している。この歌には北方領土返還を願う思いがこもっている。「逆しまにとぶ」に進まない交渉に寄せる思いが表現されている。「歯舞《はぼまひ》」（アイヌ語のフㇷ゚・オ・イ・モシリ＝流氷・ある・もの・島）は小さな島だ。「ごめ」が眩しい。

こちらからも野火を放てばよろこびて火はわが拓地一帯に燃ゆ

『本籍地』

季節は早春。火が風を喚び起こし、「野火」が風に巻かれ、枯草が音を立てて燃え盛る様子が目に見えるようだ。「こちらから」というのだから、当然あちらにも家族の誰かが「野火を放」っている。紫の煙の中に人影が霞んで見える。声が聞こえる。歓声だ。「よろこびて火」は家族達の大きな夢と溶け合っている。十勝史の裏には家族達の夢が刻まれている。

移民地のわかきら巨樹を畏れねば斧に倒し火をはなちては焼く

『本籍地』

十勝農業学校（北海道立帯広《おびひろ》農業高校の前身）獣医科を卒業した小説家吉田十四雄は「北海道の開拓はある意味で原始林とのたたかいであって、（略）木を見れば伐ってしまう。伐ることで何か自分たちの新生面が開かれるように思ったのであります」と述べている。「巨樹畏れねば」から、薯と麦飯を胃袋に詰め「巨樹」に挑む形相が。帯広はアイヌ語のオペリペリケプ＝川が幾筋にも裂けている川。

斧を樹にいきなり当てつ　移民われら怒気のごときをいつも持てれば

『本籍地』

この「怒気」は一体何に向けているのか。誰に向けているのか。それは故里を捨て、身寄りのいない北辺の酷寒の地に流れて来てしまった己に向けているのだ。政治家に向けているのだ。貧困の暮らしの連続の中からわきあがる「怒気」だ。一向に見えて来ない未来を思う心の底からわきくる「怒気」だ。「樹」に食い込む「斧」の鈍い音が森を震わせる。

パイオニア移民のわれは　夜より夜へ野火まもりSEXをわすれむとする

『本籍地』

一旦移住したからには後には退けぬ。音《ね》をあげてなんぞおられない。明日に向かい明日を摑みとるのみだ。かくて、開拓は一日でも早く完了させなければならない。一畝でも二畝でも畑を拡げなければならない。「夜より夜へ」。「野火」を四十八時間、いや七十二時間も「まもり」続けたことだろう。「野火」は不退転の火。「わすれむと」が心に刺さる。

移民とは逃亡者　われら薯うゑてまづ食らひ政治の域外にあり

『本籍地』

石川啄木は〈石をもて追はるるごとく／ふるさとを出でしかなしみ／消ゆることなし〉と詠っている。啄木は渋民村で小学校代用教員、函館（アイヌ語のハクチャシ＝小さな館）でも代用教員となったが、同地で新聞記者に転身。その後、小樽、釧路でも記者をしたがうまくゆかなかった。北海道移民の全てが「逃亡者」とはいわないが、類似者は多かったろう。貧困が今日の北海道を興したのだ。

一毛作の秋また凶し未付与地の盗伐をしては米噌あがなふ

『本籍地』

勉強不足のため確かなことはいえないが、「未付与地」の面積は一画五ヘクタール。勿論天然林であった。それを期限内に畑にすれば自作地となった。北海道では二毛作、三毛作は不可能だ。凶作は三、四年に一回は来るのだ。従って開拓の日々は飢餓との闘いの連続。病んでも病院代がなくて死んだ者も多かったろう。「盗伐」は生活の必然だったのだ。

神は不在の北限なればひとの妻をうばひきて移民の村おこしをり

『本籍地』

野原家が入植した所は十勝国芽室《めむろ》（アイヌ語のメム・ロ・ペツ＝泉川の・在る・川）村久山《きゅうさん》（アイヌ語のキュー・サン＝自生する食用植物名・下る）。そこは熊笹の鬱蒼《うっそう》と繁る痩地《やせち》。自力で生きねばならぬ「神は不在」の大地。この歌は三十七音より成る壮大な開拓叙事詩だ。北海道内の市町村の歴史を溯れば、「ひとの妻をうばひきて移民の村おこしをり」の精神に到る。

移民小屋のそこら箒ぐさの生ひはじむ真実はみなさびしがりゐつ

『本籍地』

「箒ぐさ」は移民等が本州から持ち込んだものなのだろうか。植物図鑑で調べたが見当たらなかった。昔、わが家の庭にもこの草が生えていた。その姿はアスパラガスに似ていたような気がする。葉が落ちた後、乾かして束ね、箒として使ったから「箒ぐさ」。庭を掃いていた祖母を思い出す。「箒ぐさ」は移民の淋しい心情と通い合っていたのか。

政治圏外におかれて移民および二世たち　主義となすものを持つ

『本籍地』

私はいわゆる重農主義者ではない。しかし、国家としての基本をなすものは農業であると思っている。先進国と呼ばれている国は工業が盛んではあるが、食糧自給率は極めて高い。国家としての基本を守っているからだ。では日本はどうか。自給率は四十パーセント。この歌の「主義となすもの」とはなんだろう。豊穣の秋に向かって立ついっぽんの樹なのだ。

野あやめの花を刈り来て雨の日は開拓小屋花にうづめたのしむ

『本籍地』

「野あやめ」は「ノバナショウブ」。その花の色は紫で妖艶だ。今日栽培されている「ハナショウブ」の原種である。この歌からは「雨の日」、家族達が「開拓小屋」の中でのんびりと過ごしている様子が伝わって来る。「うづめたのしむ」には過酷な労働から解放された家族達の安らぎが漂っている。六月、私の農場の川べりの道にも「野あやめ」が咲く。

金まうけにならぬ地を墾りふるさとに帰られず北海道に畢へし初代ら

『本籍地』

「初代ら」のその大方は自作地を持たない小作農が多かったのだろう。春が来るたびに汗を流して夢の種子を播いても、「まうけ」は極めて薄かったのだろう。「ふるさと」に錦を飾ることもなく「畢へ」た無念の声が聞こえて来る。当時の北海道は「ふるさと」を遠く離れた異国だったのだ。私の畑の隅に墓地があった。座棺の中に朱い簪《かんざし》が入っていた。

一列車馬を積み出すとて人ら集まりぬ　広場の雪よごれたり

『本籍地』

かつて十勝は馬産王国と呼ばれていた。逞しい種馬に跨がって発情中の馬のいる農家を訪ねまわっていた、頬かむりのよく似合うオッサンの姿が見えて来る。この歌の馬達の行く先はたぶん本州だろう。農耕馬として売られたのだろう。「広場の雪のよごれ」は不安に怯えて大暴れする馬達がこぼした糞に違いない。ＳＬが走っていた頃の懐かしい歌だ。

42

去勢して三歳馬つぎつぎ放つ野のたんぽぽフォルマリンの香とまじりあふ

『本籍地』

「去勢」をする理由は従順な農耕馬になってもらうためである。農耕馬に向かなければ良質な肉をつけてもらうためである。放牧中に交尾をして劣等馬が生まれて来るのを防ぐためでもある。いずれにしてもこれは人間の一方的な理由である。「フォルマリンの香とまじりあふ」に一抹の淋しさを覚えるのは私だけではあるまい。「たんぽぽ」が眼に染みる。

アイヌ少女の美貌のまつ毛むらさきのぶしの花冠を見るときうかぶ

『本籍地』

「むらさきのぶし」は「エゾトリカブト」。原野に放たれた馬達は猛毒を含んでいることを知っているので絶対に食べなかった。今私は唄姫と呼ばれていた安東ウメ子の「子守唄《イフンケ》」（CD・他十五曲）を聴いている。優しい唄声だ。森の集落《コタン》の暮らしや淡い恋の物語りが膨らんで来る。静かな雪の夜だ。なんだか酒が呑みたくなって来た。呑むことにしよう。

北海道に移住すること父が言ひわが言ひその後幾日かまよふ

『本籍地』

入植先である十勝平野は北緯四十三度圏である。夏の温度はプラス三十度。冬のはマイナス三十度。その差は六十度である。十勝の開拓は、〈開墾のはじめは豚と一つ鍋〉で有名なあの依田勉三の率いる晩成社の人々によって始められた。今日の十勝平野は日本有数の畑作酪農地帯である。だが、父子には未知の世界だった。故に、「幾日かまよふ」のだ。

北海道の山野ひろすぎて家の位置かりに泉の近く選びぬ

『本籍地』

野原家は岐阜では稲や茶を栽培する中農であった。「山野ひろすぎて」からは広大な「北海道」の原野に移って来た家族達の戸惑いを感じとることが出来る。「かりに」選んだ「泉の近く」は日常生活には便利であるが、その周囲は湿地帯であり、農作物を栽培するのには劣悪地だ。土地改良事業が行なわれていなかった頃だからなおさらだ。未知は貧困を招く。

自刃せず農奴となりし母方の碑をさがし花樹をうゑてわが去る

『本籍地』

野原家は宇喜多家臣の流れを汲んでいるといわれる。それ故に水嶺の顔は野武士的なのか。「自刃せず農奴となりし母方」もやはり武家の流れを汲んでいるのであろうか。母が大好きだった水嶺の「母方」を偲ぶ姿が彷彿として来る。「碑」の近くに立つその「花樹」は春が来るたびにくれないの花を溢れさせているに違いない。藪の中に建つ「碑」が見える。

用便に父を背負ふに臀やせてきませり　長子われの手は知る

『本籍地』

啄木は、〈たはむれに母を背負ひて／そのあまり軽きに泣きて／三歩あゆまず〉と詠っている。「臀やせてきませり」……。老衰の極みの「父」の哀しい姿を想像すると胸が痛くなって来る。「おーお、おーお。すまねえのう。なさけねえのお」という声が聞こえて来る。その「父」と共に巨樹を伐ったり畑を耕したことを、水嶺の「手」は覚えているのだ。

息ひきし父よりはなれ見にきたる噴水　月に向けて噴きをり

『本籍地』

昭和三十四年九月十八日、「父」梅松は芽室町の長姉宅にて八十四年の生涯を閉じた。水嶺が渡道して梅松と共に過ごしたのはたったの二年。「月に向けて噴く」のは、耕地を弟に譲って教育界に身を転じた水嶺の悔恨の涙なのだ。それ故か、水嶺は生涯、多くの農を詠った。水嶺は教育者ではあったが、心底には開拓農の血がこんこんと流れていたのだ。

襟裳岬燈台を軸に海裂けて潮はとどろく天のまなかに

『本籍地』

「襟裳《えりも》（アイヌ語のエン・ルム＝突き出た頭）岬」は激風の吹くところとして有名。また、その沖の波は荒い。私の祖母はその荒波を蒸気船に揺られながら釧路に上陸した。「燈台」のなかった頃のことだ。この「軸」は船舶航行のための「軸」であることはいうまでもない。がしかし、何度も読み返すと、益荒男水嶺の命の「軸」のようにも思えて来る。

日に一つかならず卵うむといへ無精卵にしてかなし籠にみちつつ

『本籍地』

北海道立帯広農業高校在学中、夜も灯をともし、ケージの中の鶏に「卵」を産ませるという方法を学んだことがある。一年に三百六十五個も産んだ鶏もいたという例もある（「まさか」と思った。いまも「まさか」）と聞いた。いずれにしてもどれも「無精卵」ばかりである。「かなし籠にみちつつ」……。水嶺ならずともそれはあまりにも「かなし」過ぎる。

北海道をゆくごとく大胆に歩むべし有楽町ビルのふかき谷間は

『本籍地』

私の歌に〈畦跨ぐごとく体軀を揺すりつつ神保町のひとごみのなか〉というのがある。この歌は後に、水嶺のこの歌を知り、あまりにも発想内容が酷似していると思った。先にこの歌ありき。私の血肉に水嶺の歌が染み込んでいたのだ。因に私は水嶺に直接歌をみてもらったことがほとんど無い。学んだのは作歌態度と短歌真髄。当然、水嶺風の歌も目立つ。

誘蛾灯汽車のとほくにまだ見えて家出して来し心理となりぬ

『本籍地』

水嶺はとても女性にもてたと聞く。それはあの野武士のような形相と、逞ましい筋骨の持ち主であったから当然のように思える。この歌、「誘蛾灯」が妙に気になる。「汽車」に揺られて水嶺はどこに行くのであろうか。出張だろうか。歌会だろうか。それらにかこつけて……。これは勝手な想像であるが、それはひょっとしたら当たっているのかもしれない。

脱出を不可能にすと石をもて柩の釘を次ぎ次ぎに打つ

『本籍地』

「柩」の中に眠っているのは身内なのであろうか。「釘を次ぎ次ぎに打つ」という習いは私にはわからないが、「脱出を不可能にす」といわれると、なるほどとも思えて来る。だが、死者は脱出など出来る筈がない。当り前のことである。水嶺は死後の己を詠っているのである。来し方を振り返りながら詠っているのだ。「柩」の中に眠るのは水嶺なのだ。

赤き卵はらみゐる魚　雪斜めふる日に裂くはふさはしと裂く

『本籍地』

「赤き卵はらみゐる」のは鮭であろうか。それとも鱒であろうか。いや、ここではそれはどうでもいいことなのである。気になるのは「雪斜めふる日に裂くはふさはし」という心理である。その行為は色情的、性愛的である。そう感じとるのは私だけなのだろうか。そう感じるのは不善的であるのか。善不善は表裏一体なのである。水嶺よ、どうだろう。

マッチの火つぎつぎ分ち最後の火われの煙草に移すとき消ゆ

『本籍地』

かつては水嶺も「煙草」を吸っていたのだ、ということを初めて知った。どのような表情をして吸っていたのであろうか。この歌は複雑な心理詠である。複雑な人間関係を詠っている。いうまでもないことだが、人間の心には裏と表がある。だから私は友情などという言葉は大嫌いだ。「お前は俺の友人だぜ」などといわれると、「ウソコケ」といいたくなる。

右からも左からも伸ばすどの手にも手をあづけ芥子の匂ひして病む

『本籍地』

「中城ふみ子」一連十二首の中から引いた。「病」んでいるのはふみ子だ。「どの手にも手をあづけ」た相手は男達だったと聞く。それらしく振る舞っていたと聞く。「芥子の匂ひ」は妖しい「匂ひ」だが、一方、その「手」の中には残して逝く愛児達の末を委ねなければならない「手」も当然あった筈だ。ふみ子が最も愛していたのは愛児達なのだ。

芍薬のなかの一つが蝕ばめりあやまちて子を成せしかと悔ゆ

『本籍地』

「芍薬」と「子を成せし」。「蝕ばめり」と「悔ゆ」。この関連性が実に巧みである。説得力がある。水嶺の愛の結晶ともいうべき長男光雄は昭和二十年、フィリピンにおいて戦没している。敗戦間近の頃だった。陸軍専任教官であった水嶺の心中は複雑であったことだろう。華麗な「芍薬」の「蝕ばみ」を眺める水嶺の背中が、丸く小さく見えるのだ。

たはむれてとびつつ蝶はあそべどもおほかた花を遠くはなれず

『本籍地』

「蝶」は蜜を吸うために花に寄って来るのである。それにしても、「花」はなに故に様々な色に咲くのであろうか。様々な姿をしているのであろうか。それはやはり「蝶」を誘うためなのであろうか。まてよまてよ、「蝶」も様々な色と姿をしている。それは「蝶」が「蝶」を誘うためだ。「たはむれ」合っている「蝶」は恋に溺れている「蝶」なのである。

刑務所の塀をめぐりて蝶とべり意味あるはずなきに立ちてみてゐつ

『本籍地』

受刑者達は高くめぐらされたぶ厚い「塀」の内側で拘束されながら暮している。それに比べると「蝶」の行動は実に自在である。受刑者達は様々な故があって拘束されている。そうした受刑者達の心中を思う水嶺の心は複雑である。「意味あるはずなきに立」っている水嶺は故の故に思いを馳せるのである。ぶ厚い「塀」の上の青空を舞う「蝶」が眩しい。

善人にもまして悪人にもなりがたく緋の芥子白い芥子もろく咲きつぐ

『本籍地』

私の愛読書は『歎異抄』だ。その内容は何度読んでものみ込めない。だから色々な人が書いた『歎異抄』が書架にある。水嶺は『歎異抄』を耽読していたようだ。〈善人なおもて往生をとぐ、いわんや悪人をや〉——。第三条より引いた。水嶺は親鸞の教えに心を傾けながら、「緋の芥子白い芥子もろく咲きつぐ」。水嶺にとって歌は共犯者だったのである。

軍歌ならば二つか三つは知れれども酒みだれざるうちに辞しきぬ

『本籍地』

水嶺が酒を呑むのを私は見たことがない。酒が呑めなかったのだろうか。或る日、陽子夫人が私にいった。「水嶺は呑兵衛が大嫌いだったのよ。酒瓶が空っぽになるまで呑み、酔っぱらってぐでんぐでんになるから」。この歌は鑑賞不要。いつだったか小檜山博《こひやまはく》から電話が来た。「お前、酔っぱらいだべ。『北海道の酔っぱらい』という本を出すから書け」。

ひとかかへ花活けむ壺　ひと枝のみさす壺花を欲りせざる壺

『本籍地』

何年か前、「人生いろいろ」という歌が流行っていたことがある。まこと「人生いろいろ」。この歌もその「いろいろ」を詠っている。「ひとかかへ」は地位や名誉や金や物を求めている「壺」なのかもしれない。「ひと枝のみ」は平凡な生活を求めている「壺」なのかもしれない。「欲りせざる壺」は難しい。良寛のような生き方を求めている「壺」なのか。

赤い林檎　いづこの村のしあはせをうばひ来し店頭の灯にかがやくは

『本籍地』

ふと、「リンゴの唄」を思い出した。「赤い林檎」は農家の汗の結晶なのである。収穫の喜びの結晶なのである。「しあはせ」の結晶なのである。だがその結晶は暮らして行くために売らなければならないのだ。〈リンゴはなんにもいわないけれど／リンゴの気持はよくわかる〉……。「しあはせをうばひ来し」というパラドックスが味わいどころである。

オホーツクより続く流氷　はぼまひの沖まで移動しつつに散らばる

『本籍地』

北方領土返還交渉の始まりは、昭和二十年十二月、当時の安藤石典根室町長が連合国最高司令官に対し「択捉《えとろふ》（島の中ほどにあるあげ巻形の岩に因みエトロフ）島以南の島々は古くから日本の領土で島民が安心して生活できるよう措置してほしい」と陳情したことによる。平和条約はいつ締結されるのか。今年も「流氷」の季節到来。「散らばる」に返還を願う心。※「はぼまひ」は29ページの「歯舞」と同じ。

入植の日より惜しみし楡一樹　価格にもふまず農地うられぬ

『本籍地』

入植当時から立っていたこの「楡」は、春は緑の芽を膨らませ、家族達に希望を与えてくれた。夏は大きな傘となり、野良仕事で疲れた家族の心を一つにしてくれた。秋は黄の葉を降りこぼしてくれた。それは無償に近い労働を続けた家族の心情にも似ていた。縺《もつ》れ合う枝の向こうの日輪が美しかった。が、現実は惨い。邪魔な「一樹」として扱われたのだ。

神に匿れてなすにあらねど　背を向けてせばなしやすし人にくむにも

『本籍地』

水嶺独自のくねった詠法であり、それも一つの魅力ともいえる。「神に匿《かく》れて」とは詠っているが『歎異抄』を耽読していた水嶺だ。「神」の存在など信じていなかったと思うのだが、「背を向けてせば」、「人にくむにも」と「神」を使い分けているところが面白い。それにしても、「神に匿れてなすにあらねど」……。人間の心というものは摩訶不思議だ。

白い芥子ばかり播きしに純血にとほくむらさきらしきがつぼむ

『本籍地』

「嫉妬」一連九首の中より引いた。「芥子」の花の色は赤・白・紫で、一日花が咲く。その花の姿には一種の妖しさが漂っている。一連には次のような歌もみられる。〈芥子の花のにほひを嗅げば覚えなきことごとく言へ言へとうながす〉。何を思い出したのか。いや、誰を思い出して「うなが」されているのだろうか。掲出歌の「純血」と妙に繋がるのだ。

無期囚徒ここにあつめて未開地の十勝ひらくと集治監あり

『本籍地』

この「集治監」とは「十勝監獄」のことである。「無期囚徒」達は赤い囚徒服を着せられ、連鎖に繋がれながら千六百ヘクタールを開墾。私は帯広市別府《べっぷ》町で農場を経営している。近くの小高い丘はかつて「分監高台」と呼ばれていた。この丘には広大な畑地がある。土質は乾性火山灰土だ。別府は「ふるさと地名」で岐阜県穂積村の別府。

木樵たち火にかざす掌のあらくれを誇りとなせり生木よく燃ゆ

『本籍地』

森林の伐採には「木樵たち」も汗を流して一役買っていたのであろう。「掌のあらくれ」は巨木に挑み続けて来た「木樵たち」の誇りなのである。名刺なのでもある。倒した巨木の枝を早く片付ける方法はただ一つ。焼却することだ。「生木」の黒い煙が狼煙《のろし》のように空に向かって立ち昇る。真っ赤な炎の周囲で酔顔が笑っている。明日を拓く顔なのである。

黒揚羽翅ばらばらにころさるるさまふさはしと許しみてゐつ

『本籍地』

近年、少年達による惨酷な殺傷事件が多発している。どうしたことなのか。個室に籠《こも》ってパソコンゲーム等にのめり込んで暮らすことの多いことによるものか。人間関係の希薄化によるものか。動植物と触れ合うことが少なくなったせいか。私は少年の頃、蛇殺しをした。「翅」も毟った。豚や鶏を殺す現場は何度も見た。そして命の重さ、尊さを学んだ。

かがやきし歴史持たねばアイヌらは鮭の曳き網にやとはれて生く

『本籍地』

「かがやきし歴史持た」ぬのは、いわゆる和人達《シャモ》が人間《アイヌ》の静かな大地《モシリ》に移住してからのことである。教育者水嶺はそれを重々承知していたことはいうまでもない。かつて「アイヌ」の人たちは「鮭」を自由に捕獲して暮らしていた。当然だが、必要以上には捕獲しなかったという。「やとはれて生く」が、移民三代目の私の心にも悲しく突き刺さって来る。

氷裂を湖にはしらすことすでにほしいままなり春のかたちは

『幾山河』

北海道の冬は厳しく、そして長い。だが、融雪期に入ると、雪は瞬く間に姿をくらましてしまう。川や「湖」も同様である。「ほしいまま」からは、緩んだ氷の亀裂の奔放に「はし」るダイナミックな様子が伝わって来る。この奔放は、水嶺は勿論、水嶺の弟子である中城ふみ子や大塚陽子の歌のあの奔放さとも似ているところがあると私は思うのである。

朱の落暉野火あとの空そのままに煙れり十勝はばくばくとして

『幾山河』

水嶺の歌碑は十勝管内に三基ある。この歌は水嶺十勝在住五十年を記念して、昭和五十三年七月八日、狩勝峠の頂上に建立された第三歌碑に刻まれている。除幕式に使う品々を私は農業用ダンプカーで運んだことを思い出す。「ばくばくとして」は水嶺自身の波乱の五十年と重なっているのだ。除幕式後に開かれた記念会会場の窓の「落暉」は美事な「朱」だった。

母はわれの異性のひとり常わかく思へば母の齢をこえをり

『幾山河』

「水嶺は母の姿の中でも、茶摘みに行く時の母が一ばん好きであった。姉さん被りに手拭いを少し深くかぶり、めくら縞の着物の裾を少し上げてゆく母の後に、いつも従いて歩いては笑われたという。家族の者が着る木綿のものはみな母が織るのだけれど、母が織る縞模様はどこかちょっと朱がまじったり（大塚陽子）」。水嶺の歌には「朱」が目立つ。

離農してゆけば流氓　都市すでにあふるるといふなかにまぎれぬ

『幾山河』

『幾山河』は昭和四十八年に出版された。昭和三十六年に施行された農業基本法の「農業と他産業との所得格差の是正。自立農民育成のための離農促進」などの効果があらわれていた頃の歌。工業立国に向かって突進していた頃の歌である。因に十勝は昭和三十五年以後、二十年の間に二万三千戸のうち一万二千戸が「都会」に流れていった。痛む水嶺の心だ。

畢らむとして抱へたるかまきりの草の穂と同じいろに素枯れし

『幾山河』

「かまきり」は肉食性の昆虫であるという。交尾中や交尾の後に雌が雄を食べてしまうこともあるという。それはやがて誕生する新しい命のためなのであろうか。ふとカマキリ夫人というのを思い出した。さて、この「カマキリ」は雄なのか雌なのかは全くわからない。水嶺は「同じいろに素枯れ」と詠っているが、荼毘に付される前の色は何色と呼ぶべきか。

白き菜を二つに裂きて日にほせる全き無垢といふものを見ぬ

『幾山河』

この「白き菜」は白菜であろうか。それともキャベツであろうか。いずれにしても、これらを剥《む》いても剥いても現われて来るのはまさに「無垢」そのものである。「二つ」に切断してもやはり「無垢」そのもの。だが、その切断面には一種の妖しさのようなものがある。陽光に向けると襞が陰影を浮かべ、更に妖しさが増す。この歌は相聞歌といってよい。

開墾につかれし双つの手を枕にいねつつうごく雲をみてゐき

『幾山河』

入植した地には幹が直径一メートル以上もある樹も沢山立っていたことだろう。一本を倒して枝を切り落とし、幹を幾つかに切断するのに一日以上費《つい》やしたこともあったことだろう。切株を完全に撤去するのには何年もかかったことだろう。遅々として進まぬ開拓に水嶺の心に不安が過《よぎ》る。大空をゆったりと流れる「雲」と水嶺の無言の会話が聞こえて来るのだ。

人工授精終れば欲しい草を喰ひホルスタイン糞によごされてゐず

『幾山河』

因に私は牛の「人工授精」師の免許を持ってはいるのだが、畑作専業農家なので、学生時代以後一度も実践したことがない。これを宝の持ち腐れというのだ。受胎した牛がのどかな牧場で穏やかに「草を喰」う姿は一枚の絵になる。激しい交尾をしなかったので臀部は「糞によごされて」はいないのだが、哀しさのようなものが漂って来る。哀しきかな家畜。

ブラッキストン線以北は農政以前にて移民をはこびきては捨てゆく

『幾山河』

「ブラッキストン」はイギリスの探検家・鳥類研究家・事業家であるが、北海道はかつて樺太を通じてシベリア半島に接続していた半島であり、津軽海峡は日本の動物分布上における重要な境界線であると発表。例えばヒグマは北海道にはいるが本州にはいない。ツキノワグマは本州にはいるが北海道にはいない。動物分布と「移民」の対比がこの歌の目玉。

終着駅根室はちかし見のかぎり氷原住家はひくく散らばる

『幾山河』

「根室《ねむろ》（アイヌ語のニイモオロ＝静かで樹がある）」は畑作にはあまり向いていない。海から冷たい風が吹きつけるからだ。海霧《ガス》がときどき畑に立ちこめるからだ。従って酪農が盛んだが、牧草の収穫量は少ないので一戸々々当りの耕地面積は広大で百ヘクタールを越す農家もある。「根室」には私も幾度か行ったことがある。「氷原住家はひくく散らばる」所だ。

流刑さるるならば根室の氷原がふさはし荒涼と月更けてきぬ

『幾山河』

この世の中に罪を犯さない者などいる筈がない。後めたい思いは誰の心の中にもある。水嶺の人生は「新墾」脱会・離婚・再婚等と波乱に満ちていたが、それらが果たして罪といえるのか。なに故に「流刑さるるならば」なのか。「根室の氷原」は無人の酷寒帯。鎌倉時代に強盗や海賊を蝦夷地に放ったという説があるが、「氷原」とは比べるまでもない。

あぢさゐの藍の花弁にむらさきの妖しきまでの静脈のみゆ

『幾山河』

「あぢさゐ」はユキノシタ科の落葉低木で、開花の始めは淡黄色。その後、青、または紫か薄い赤に変わる。その色は情念のようなものを醸し出す。特に「むらさき」がそうだ。この歌の注目する所は、観察眼の鋭さと対象の把握の確かさであり、水嶺ならではの歌の一つといえる。因に私には雨に濡れてぼってりと咲いている「あぢさゐ」は鬱陶し過ぎる。

われに十勝はつひにふる里かへりくれば荒くれ槲葉を重ねをり

『幾山河』

私の妻の実家は千葉市の街の真ん中だ。三十年ほど前の三月の半ば過ぎ、妻と二人の娘と房総半島をドライブしたことがある。若い女性の乳房のような山々。沈丁花の花。垣の椿の花。その穏やかな風景を眺めながら私は思った。「ここが日本だ」。数日後、地吹雪と「荒くれ槲」の十勝に戻り思った。「ここは日本ではない」。私の歌も十勝から生まれる。

逆光に向ひて流れ十勝川ひかりひろごり空につづけり

『幾山河』

「十勝川」は北海道の三大水系の一つ。源流は十勝岳とトムラウシ（アイヌ語で水草の類・多くある）山。流れて行く先は太平洋。流域には地味が豊かな農地がある。支流の札内《さつない》（アイヌ語のサツ・ナイ＝乾いている・川）川は清流日本一に二度も輝いている。水嶺は「十勝川」の壮大な景に何を見ていたのであろうか。「新墾」脱会。大塚陽子との恋。……。

この月夜村を脱出せしものあり橇のあと逆にわが帰るなり

『幾山河』

「月」のあかりにぴかぴかと輝く「橇」のあとがなんとも侘しい。それに比べて夜逃げをした家族達の心の中は真っ暗であったに違いない。夜逃げの話は祖母から何度か聞いたことがある。この時代の場合は農地拡大と大型機械の導入によって膨らんだ借金と思われる。日本経済発展の裏にはこうした悲しい物語が。農を去った経験者水嶺ならではの歌。

体うちて放卵のとき水しぶきの緋の鯉いのちもみあふが見ゆ

『幾山河』

命を次代に繋ごうとする「鯉」のひたすらな態を克明に詠いあげている。「鯉」は沼湖等に棲むが、「放卵」や射精のときは浅瀬を選ぶのであろうか。激しい「もみあ」い。濁った「水しぶき」。バチャバチャバチャという水の音……。神の代から女は美しい存在でありたいと努力をして来た。男は逞しく存在感のある者になろうと努力（今は？）して来た。

男ばかりの船北上し北上しとどまらず越境の鮭はとるとも

『幾山河』

オホーツクの海で逞しく生きる「男」達の意気込みが伝わって来る。「北上し北上し」、「鮭」の群れている漁場は領海線の遥か北の彼方なのである。ソ連の監視船がどこかに潜んでいる荒海なのである。だが、家族のためには命を落とすことがあったとしても、拿捕されることがあったとしても、それは覚悟のうえ。「北上し」のリフレーンが心地良い。

酔へば唄ふ彼の春歌は一つのみ一つのみなればわれは和すなり

『幾山河』

小麦の収穫は多くの仲間達と行う。その作業は二週間くらい続く。時には昼夜を分かたずに行なう。かつて、その仲間達と小麦の収穫跡地でジンギスカン鍋を囲み、酒を喰らい、「唄」い踊ったことがある。〈股座に一升瓶をぶらさげて月にヨイショと男が踊る〉。私の歌である。「一つのみなればわれは和すなり」。水嶺の貌を想像すると滑稽である。

アイヌ墓地青笹むらにきりぎりす鳴かしてありきしきり鳴くこゑ

『幾山河』

私の本棚にはアイヌ文化等に関する本が並んでいる。歌詠みの端くれとして、それらを知っていなければならないと思うからだ。二十年ほど前、旭川市近文《ちかぶみ》(アイヌ語のチカプ・ウン・イ＝鳥・来る・所)の「アイヌ墓地」を訪ねたことがある。男の墓標の頭部は槍のような形。女の墓標の上部は棒状でその少し下は括《くび》れていた。「しきり鳴くこゑ」が聞こえる。

日本海流二つに裂きて奥尻は四囲垂直にそぎ落したり

『幾山河』

「奥尻《おくしり》」（アイヌ語のイ・クス・ウン・シリ＝それ・向こう側・にある・島）は渡島《おしま》半島の西方日本海に浮かぶ島で、全体は海岸段丘が発達し、海岸線は急峻な海食崖を形成しているという。「四囲垂直にそぎ落したり」は島の景をただ描写しているのではない。水嶺の骨太い詠風。妥協を許さぬ生き方とどこか似ている。水嶺は「奥尻」に己を重ねている。

野付半島は0メートル地帯湾を抱きえびとほたてとばかり養ふ

『幾山河』

「野付《のづけ》（アイヌ語のノッケウ＝顎の骨）」半島には私も行ったことがある。「0メートル地帯」。まさにその通りで、真っ平らな板を敷いたみたいなところであった。「大波が来たらどうなるんだべ」などと思ったのを記憶している。巨木が立っていたが、ほとんど枯れていたのも記憶している。「えびとほたてとばかり」。水嶺の眼は漁民達も捉えている。

えぞにうの伸びやはらかくぬき出でて花をつけきぬあはきみどりに

『幾山河』

「辛夷」帯広歌会五百回を記念して会員が水嶺に贈った歌碑に刻まれている。この歌碑は通称「歌の石」と呼ばれ水嶺宅の庭に置いてあったのだが、陽子夫人が伊達市に移られたので、今は私の家の庭のシナノキの根方に置いてある。白い花をあふれさせて立つ「えぞにう」には風格がある。「ぬき出でて」いる姿は孤独そうに見えるが、野の花の王者である。

農夫ひとり青鷺ひとつ立てる田にうしろを向きて耕してゐき

『幾山河』

九州を旅行した際の歌である。かつて、「三ちゃん農業」という言葉があった。これは爺ちゃん婆ちゃんと嫁さん。夫は出稼ぎ中で「田」にはいない。「農夫ひとり」は爺ちゃんだろう。爺ちゃんはひょっとしたら「猫の目農政」に背を向けているのかもしれない。「青鷺」は「田」に出て働くことの叶わない出稼ぎ中の息子だ。高度経済成長期の頃の歌だ。

長き橋渡り終らむとしてふり返りみれば従きくる人ひとり見ず

『常緑樹』

この「橋」は帯広市と音更（アイヌ語のオトプケ＝毛髪が生える）町とを結ぶ橋、久保栄の戯曲の『火山灰地』の冒頭に出て来るあの十勝川大橋なのかもしれない。いずれにしてもただ人や車が往来する橋という第一解釈ではつまらない。水嶺は象徴派の歌人だ。「長き橋」は人生そのもの。「ふり返りみれば従きくる人ひとり見ず」。人間とは人と人との間。だが、所詮ひとりぼっち。

なかば姦淫したる醜の男をたのもしと倚りゆき神をなげかせてきぬ

『常緑樹』

煎じ詰めて考えると、世の中は男と女の生臭いドラマによって成り立っているのだとの思いに到る。「姦淫」とは男と女の不正の情交とや。水嶺も男だ。それを「醜の男をたのもしと倚りゆき神をなげかせてき」たというのである。が、本当に「なげ」いたのは「神」だったのであろうか。そんな訳があるまい。これぞ人間味の溢れる歌というべきものである。

直立の噴水の芯くづれつついきほひ玉となるときしぶく

『常緑樹』

情景描写が巧みである。「芯くづれつつ」からは、「噴水」のあの独自の動きが伝わって来る。「いきほひ玉となるときしぶく」……。読者それぞれがその人生の節目々々と重ねてみるがいい。「直立の噴水」、つまり、一途な営為は「玉となるときしぶく」のである。がしかし、人生茫々。明日さえ朧。人生茫々。明日さえ朧。「直立の噴水」である限り……。

死なねばならぬ不可思議がありバスの席きめゐし姿ふたたびを見ず

『常緑樹』

「死なねばならぬ」……。そうだ、人生が永遠に続く筈がない。それを承知のうえで水嶺は「死なねばならぬ」と詠っている。それが「不可思議」であると詠っている。それもそうである。毎日バスの中で見かけていた人が座っていた「席」にその人がいないのだから。その人が座っていない「席」は空白なのだ。人の世の空《むな》しさが漂う歌である。

男手に襁褓を洗ひ飯炊くに鳥沼の水は澄みすぎてゐき

『常緑樹』

「男」とは生涯歌の師と仰いだ「新墾」主宰小田觀螢である。「鳥沼《とりぬま》」（アイヌ語のチカプントウ＝鳥のいる沼）は觀螢が教鞭を執っていた富良野市に在る。觀螢は二度も愛妻を失った逆境の歌人。「男手」ひとつで子を育てた。水嶺はその觀螢の歌に魅かれて歌の道に入った。「襁褓を洗ひ飯炊く」「鳥沼の水は」、水嶺の眼に切なく哀しく映るのだった。

寒流のオホーツクの河豚秋しろくすがすがし鍋の菊の香よりも

『常緑樹』

「オホーツク」の海で「河豚」が捕れるなどとは全く知らなかった。水嶺は陽子夫人の運転するフォルクスワーゲンでよくドライブを楽しんでいた。私の農場にもたびたび来て、庭の花を眺めたり、作物の出来具合を眺めていた。この歌、旅の宿で舌鼓を打っているのか。「すがすがし鍋の菊の香よりも」……。それは「寒流」に揉まれて育ったからなのである。

菊は誰フリージャは誰ばらは誰つぎつぎ加へ花あふれしむ

『常緑樹』

女はよく花に喩えられる。やはり花につきまとうのは蝶だけではないようだ。いちばんつきまとうのは男である。「菊は誰」、「フリージャは誰」、「ばらは誰」と、「つぎつぎ」と想像を膨らませている男水嶺。水嶺にしては珍しいユーモラスな歌。私も水嶺のあげた花を「は誰」と想像してみた。当然それらしい女がいた。厳《いかつ》い水嶺の緩んだ顔が見える。

いくさ終りし山野暮れつつこほろぎの一つ鳴きゐる異様さなりし

『常緑樹』

〈国破れて山河あり〉。「一つ鳴きゐる」のは遠い戦地で命を落した水嶺の長男だろう。私は幼い頃、父から戦地での思い出話をよく聞かされた。重い鉄兜と嚢《のう》を背負い、銃を肩にかけて匍匐《ほふく》前進をした話。あらぬ方向からとんで来る弾の話。残虐な殺傷の話。「異様さなりし」からは祖国の父母へ寄せる思い。無念の思いが籠っている。

野兎の耳すきとほるくれなゐに春は羞しく近よりてゐき

『常緑樹』

子供の頃、私は「兎」を何匹も飼っていた。殖やして育てて売ると小遣いになったからだ。だから「耳」についてはよく解る。「野兎」だって同じだからだ。「耳」の内側はほのかな紅色をしている。よくよく眺めるとか細い血管までが見える。だが、「春は羞しく」と展開すると内容は微妙である。それは表には知られてはならないものが心であるからか。

玄関にしめ縄はりて出と入ると藁の香みどりにありてつつしむ

『常緑樹』

どこの家庭にもある正月の暮らしの一コマであるのだが、一つだけ注目すべきところがある。それは「藁の香みどり」だ。北海道に移住する以前の野原家は稲も栽培していた。水嶺はその稲の管理をする父母の汗の姿をじっと見て育ったのである。だから「つつしむ」のだ。それだけではない。己が農を離れた後も農に汗を流していた家族を思う心もあってだ。

開拓地の丘はさくらが丘と呼ぶ妹と祖父の地さくら植ゑたり

『常緑樹』

この「さくら」はエゾヤマザクラであり、北海道の他、サハリン南千島、本州北中部、朝鮮に分布している。西行が詠ったあの〈ねがはくは花の下にて春死なんそのきさらきの望月の頃〉の本州の桜とは違って清楚。北辺の青空に似合っている。「さくらが丘」を訪うたびに水嶺の心には愛しの「妹」、優しい「祖父」が浮かぶのだ。

開拓小屋の脇に妹が咲かすけし純白冴えゐき死後に思へば

『常緑樹』

「妹」の名はきぬゑ。水嶺よりも七つ年下。水嶺にとっては可愛い可愛い「妹」であったに違いない。だから面倒もよくみたことであろう。だが、そのきぬゑは移住後、過労のために喀血し、十代の若さで逝ってしまったのである。「咲かすけし純白」からは、恋ひとつすることもなく逝ってしまった不愍《ふびん》なきぬゑを思う兄水嶺の心を窺うことが出来るのである。

九万九千九百九十九個は無駄の種子赤楡の種子は空暗くまふ

『常緑樹』

私は「きゅう」と読みたい。だとしたら超字余りの歌である。「九」という文字が五回も使われている。意図的に使ったのだろう。さて、これらの種子の十万分の一が芽吹き、風雪に耐えながら大樹となり、ひたすら命を輝かすのだが、これは人間にとっても動物にとっても同じことだ。眼裏に「空暗くまふ」「無駄」のひたすらが染みる。

赤楡の一樹が風に散らす種子数十万吹雪となりてはなやぐ

『常緑樹』

「赤楡」とはハルニレのことだろう。他にアカダモ・チキサニ・ニレとも呼ばれている。樹高は三十メートル前後にもなる。直径は百二十センチを越すものもある。落葉高木。樹冠は円形。「種子」には翅がある。「数十万吹雪となりてはなやぐ」……。これは華麗なる一枚の絵だ。「赤楡」は今も水嶺宅のあった国道三十八号線沿いに立っている。巨樹だ。

クラーク農法の農具のプラオ、デスクハロー祖父母は片かなの名すら覚えず

『常緑樹』

「クラーク」は“Boys, be ambitious!”で有名な札幌（アイヌ語のサッポロベツ＝乾いた・大きな・川）農業学校（北海道大学の前身）教頭。アメリカ人。それ故に北海道の「農法」はアメリカ農業の影響が強い。「プラオ」は鋤。「デスクハロー」は整地する作業機だ。岐阜の小さな田畑を鍬で耕していた「祖父母」にとっては怪物だった。

塩ほしとあつまりてくる道産馬の舌なめづりしみどりのよだれ

『常緑樹』

馬耕農業の時代であった頃、わが家には青・栗毛などの馬が四頭もいた。彼女達は朝から晩までよく働いていた。温かい巨大な胴体。空を映す大きな眼。長い長い顔。彼女らと暮らした子供の頃が懐かしい。この歌からは巨大な腹に青草を詰め込んだ「道産馬」の鈍い足音が聞こえて来る。「舌なめづり」が聞こえる。「みどりのよだれ」が匂う。眩しい。

火山灰地層にしてリリーの群生地粗放農とせり南十勝は

『常緑樹』

「火山灰地」の大方はいわゆる瘦地《やせち》である。「リリー（鈴蘭）」はその瘦地《やせち》を好む。私の農場は十勝中央部にある。畑の半分近くは「火山灰地」。巨大なプラオで返転すると、微妙に色の異なった土が現われる。中には遥か彼方の樽前山の、つまり学術的には「樽前山B火山灰」も含まれている。この土（土壌）には馬鈴薯、砂糖大根等の栽培が向いているのだ。

全山さくら全山辛夷トンネルを越ゆれどもこゆれども騒然と春

『常緑樹』

北海道の春はまるで堰《せき》を切ったように突然やって来る。「さくら」はエゾヤマザクラでソメイヨシノの花の色とは微妙に違う。「辛夷」は葉を開く前に純白の花を一気に咲かせる。それは省略の文学と呼ばれている短歌とどこか似ているようにも思える。「全山」は誇張だが異和感がない。まこと北海道の春の山野は「騒然」。長い冬を越して来たからなのだ。

わが死なば静かに門灯の灯を消すべし詠ひたきを詠ひ書きたきを書きし

『常緑樹』

「わが死なば」、つまり、己の死直後のこと、己の来し方を詠っている。「詠ひたきを」「書きたきを」からは「悔いはないね」という声が聞こえる。水嶺の通夜葬儀には道内外から大勢の歌友等も参列。通夜は「辛夷」の月例歌会と重なったので、水嶺の厳《いか》つい遺影の前で、酒を喰らいながら開かれた。水嶺は「ソレデイイノダ。継続は力なり」といっていた。

富有柿みがきて机に並ぶればふるさと裕福な村に見えくる

『道』

水嶺が「ふるさと」の岐阜を離れたのは二十一歳の時。従って心の中にはいつも多くの思い出が詰まっていたのであろう。懐かしい遊び仲間の顔、学友の顔、野良仕事をしていた優しい母の姿……。生活は決して豊かであったとはいえないが、「裕福な村に見え」て来るのだ。因に水嶺の大好物は「富有柿」だ。その姿は字の通り「富」を「有」している。

貸しくれし蒲団に父子眠りたり移民第一夜外は雪降る

『道』

「父子」の眼に、初めて踏んだ十勝の原野に降り注ぐ湿度の少ないサラサラの雪は一体どのように映ったのであろうか。近隣には家もない。まさに野中の一軒家である。体験したことのない静寂の長い長い夜である。二人の大の男は、一組の「蒲団」にくるまって何を考えていたのであろうか。闇の中に眼が光る。私には無言の会話が聞こえてくるのである。

水噴きて生木の薪は燃えざれば火を吹き長子のわれは眠らず

『道』

掘っ立て小屋の内部の温度は、外の温度とさほど変わらなかったに違いない。だから「薪」をどんどんくべなければ体が凍えてしまう。ふるえて眠れない。どんどんくべて室内の温度をあげたいのではあるが、乾いた「薪」などある筈がない。きらきらと輝く泡状の「水噴」く「生木」が、「とんでもないところに来た」と愚図ついているように思えて来る。

まだ若くふとりし妻をもてること背負はれて庭の木蓮を見る

『道』

大塚陽子に初めて会ったのは大塚四十歳の頃だ。今大塚は七十五歳。その美貌はほとんど変わらない。だからトキシラズ（鮭の仲間）とも呼ばれている。水嶺はことあるごとに「陽子、陽子」と呼び、甘えていたのを思い出す。水嶺宅の小さな庭には幾本かの「木蓮」が植えてあった。春になると紫の花を咲かせていた。恋女房を呼ぶ声が聞こえて来るのだ。

われを叱りてくるるひとりの在ることに甘えて粗相の日をくりかへす

『道』

私の書斎に「水嶺の椅子」というのが置いてある。大柄の水嶺に合わせて作ってもらった椅子だ。重くて移動するのが大変である。ある日の午後、水嶺はこの椅子に凭れて、気持ちよさそうに過ごしている最中に、「粗相」をしてしまった。「まーっ！先生」。ニヤリと笑う水嶺。晩年の水嶺は「ひとりの在ることに甘えて」ゆったりとした日々を送っていた。

ぬるま湯の風呂水に溶かし追肥せし茄子わかわかしむらさきの花

『道』

この「風呂水」は一度入浴に使ったものである。それを翌朝、もう一度沸かして「ぬるま湯」にしたものである。それは夜中に「追肥」などする筈がないからである。「ぬるま湯」にはわずかではあるが、脂や浮垢《ふこう》が含まれていることはいうまでもない。陽子夫人も浸った「湯」である。故に、「茄子わかわかし」なのである。さすがに水嶺は百姓の子である。

死に近き人のにほひをかぎ分けて軒の雀は窓をのぞかず

『道』

静かに忍び寄って来る己の死を冷静に捉えて詠いあげている。「儂《わし》の肉体もついに死臭らしきものを漂わせているらしいわい。逝く日が近づいて来たらしいのう」。呟きが聞こえて来る。「軒の雀は窓をのぞかず」。毎日水嶺と会話をしていた「雀」だからなのかもしれない。この歌には幾山河を越えて来た歌人野原水嶺の達観ともいうべきものが滲んでいる。

木の根方石のまはりより溶くる雪見えねど手にとるやうに分かりぬ

『道』

歌会等で水嶺はよくいっていた。「具体が大切である」と。なるほど、「木の根方石のまはりより溶くる」。これぞ具体というものなのである。どこにでもある春の様子を詠っているだけのことなのであるが、この具体が感動を呼ぶのである。だから読む側も「見えねど」も「手にとるやうに分か」るのだ。因に感動することと理解することとは全く違う。

この父をつひに許さぬ二人子のわが子ながらにいさぎよかりし

『道』

私は水嶺が離婚に到った経緯や大塚陽子との出会い再婚等についてはほとんど知らないに等しい。これらについての話題もほとんど聞いたことがない。訊いたこともない。私が実際に知っているのは麗しき夫婦、歌の素晴しき師弟関係のみである。だが、それを「許さぬ二人子」もいた。それはいたしかたないことでもある。故に「いさぎよかりし」なのだ。

陽子がうたふ皿が割れる電話のベルが鳴る生活の音をききつつに臥す

『道』

水嶺は八十を過ぎた頃から視力が弱まり、ついには緑内症に罹って失明状態になってしまった。この歌は耳で捉えて詠ったもので、三十七音で成り立っている。が、ゆったりとした自在の境地が伝わって来る。「陽子がうたふ皿が割れる」は陽子夫人の性格の一端が捉えられている。水嶺宅は「辛夷」の発行所であったので、「電話のベルが鳴」っていた。

この脚を一歩ふみ出すそこはもう違ふ世ならむそれだけのこと

『道』

最晩年の歌だ。「一歩ふみ出すそこはもう違ふ世」とは詠っているのであるが、水嶺は『歎異抄』を繰り返し読んでいた。しかし、心の底には本願成就の思いなど微塵もなかったのではないかと私は思うのである。水嶺はいわゆる歌壇においては知名度は高くはなかったが、第一級の歌人であった。哲人であった。死即無。白骨を晒すのみの境地に到っていた。

「ありがたう」繰り返すとも尽きざればつひの別れのわれとてさみし

『道』

「ありがたう」（遺詠）一連九首最後の歌であり、陽子夫人の聞き書きによるものである。昭和五十八年十月二十一日。水嶺は陽子夫人に手や脚を何万回もさすられ、「先生、先生」と何万回も声をかけられながら、多くの弟子に見守られながら、八十二年の生涯を閉じた。それは眠るような今際であった。

合掌

野原水嶺 年譜

明治三十三年（一九〇〇）　一歳

十一月二十三日、岐阜県揖斐郡小島村字上野にて父梅松、母うめよの長男として生まれる。二歳上に姉てつゑがあった。生家は稲作・茶栽培の中農。三十六年、弟真一生まれる。

明治四十年（一九〇七）　八歳

小島村尋常高等小学校入学。妹きぬゑ生まれる。四十二年、弟信一生まれる。大正二年、末妹みつゑ生まれる。

大正四年（一九一五）　十六歳

八年間首席を通し小島村尋常高等小学校高等科卒業。役場吏員等養成を目的とした揖斐町棚橋私塾に入る。五月、母うめよ病没（三十九歳）。

大正九年（一九二〇）　二十一歳

私塾卒業を待って、一家七人北海道十勝国芽室村久山に入植。芽室岳、久山岳に囲まれ、一面熊笹がうっ蒼と繁る未墾の開拓地。翌十年、妹きぬゑ過労のため突然喀血、幾日も臥すことなく死亡。

大正十一年（一九二二）　二十三歳

耕地を弟真一に譲り、河西郡上帯広小学校代用教員となる。竹中ようと結婚。翌十二年、天塩国上川郡下川小学校に転勤。教員免許取得のため猛勉強。長男光雄生まれる。

大正十四年（一九二五）　二十六歳

小学校正教職員資格検定に合格。六月、空知郡金山尋常高等小学校教諭として赴任。潮音派歌人山名薫人宅の金山潮音歌会に出席し作歌を始める。長女道子生まれる。

大正十五年（一九二六）　二十七歳

山名薫人のすすめで、三月、太田水穂主宰「潮音」入社。北嶺と号す。小田観螢選で〈水の音に夜はしんしんとかんじきのこの一隊に眠る雪山〉等の作品が掲載される。

昭和二年（一九二七）　二十八歳
「潮音」第十三巻十一号から水嶺と改める。

昭和三年（一九二八）　二十九歳
七月、帯広柏尋常高等小学校教諭に任命される。十月、帯広で初めて潮音歌会を開く。翌四年一月、第一回十勝短歌会を開催、現在まで月例歌会として続く。八月、潮音帯広支社結成。次男英夫生まれる。

昭和五年（一九三〇）　三十一歳
小田観螢主宰「新墾」創刊に参画。翌六年、十勝毎日新聞歌壇選者となる。

昭和八年（一九三三）　三十四歳
河東郡音更町下士幌尋常高等小学校教頭に栄進。十年一月、末弟信一病没。

昭和十一年（一九三六）　三十七歳
一月、鎌倉円覚寺での第四回潮音大会に参加、初めて太田水穂に会う。渡道以来はじめて故郷を訪う。四月、河東郡鹿追村上幌内尋常高等小学校に転勤。

昭和十二年（一九三七）　三十八歳
中川郡幕別村古舞尋常高等小学校校長に栄転。毎月の帯広歌会に十五キロを自転車にのり欠かさず出席。

昭和十四年（一九三九）　四十歳
神戸市祥福寺での第五回潮音大会に出席、脱退者の復帰を呼びかけ水穂の激怒をかい、暫く潮音出詠停止を言い渡される。

昭和十七年（一九四二）　四十三歳
帯広百五十部隊青年学校専任教官となる。

昭和二十年（一九四五）　四十六歳
八月十五日、終戦。陸軍専任教官を辞し帯広青年学校教諭となる。長男光雄、比島にて戦死の公報が入る。

昭和二十一年（一九四六）　四十七歳
一月、「新墾」復刊。二月、新墾帯広支

社会報を発行。四月、「辛夷」創刊され代表となる。翌二十二年、「辛夷」休刊。自らガリ版刷りにて「辛夷通信」を発行。

昭和二十三年（一九四八）　四十九歳

六月、NHK帯広放送局ラジオ歌壇、九月、北門新報歌壇選者となる。翌二十四年、「辛夷」月例歌会に中城ふみ子出席、感覚の鋭さに注目する。帯広市川西中学校教諭となる。

昭和二十六年（一九五一）　五十二歳

一月、十勝の超流派歌誌「山脈」創刊に参加。音更町下音更中学校教諭となる。

昭和二十七年（一九五二）　五十三歳

潮音選者となる。十月、第一歌集『花序』刊行。翌二十八年六月、「山脈」終刊。

昭和二十九年（一九五四）　五十五歳

中城ふみ子が第一回短歌研究新人賞を「冬の花火」により受ける。「辛夷」復刊。

昭和三十年（一九五五）　五十六歳

師太田水穂元日に死亡。享年八十歳。「新墾」における水嶺の存在の増大に伴い、社内に反水嶺気運高まり、「新墾」脱退。

昭和三十四年（一九五九）　六十歳

七月、下音更中学校を退職し教育界を去る。父梅松死亡。

昭和三十五年（一九六〇）　六十一歳

中城ふみ子歌碑〈冬の皺よせゐる海よ今少し生きて己れの無惨を見むか〉を帯広神社裏に建立。

昭和三十八年（一九六三）　六十四歳

七月二十七日、下音更鈴蘭公園に歌碑建立。〈大いなる踊躍の日あれ　かしは葉のひかりと見えし　しづく肩うつ〉翌三十九年、第二歌集『本籍地』刊行。八月、「辛夷」復刊十周年記念短歌大会を帯広神社で開く。

昭和四十年（一九六五）　六十六歳

「辛夷」で中城ふみ子賞制定。合同歌集『海溝』刊行。大塚陽子との生活を公にする。十一月三日、辛夷社は帯広市の文化奨励賞を受賞。

昭和四十二年（一九六七）　六十八歳

「辛夷」二百号（七月号）中城ふみ子賞受賞者特集。帯広神社で記念大会を開く。

昭和四十三年（一九六八）　六十九歳

十月、帯広市東十条南六丁目に新築した住宅に移転。

昭和四十五年（一九七〇）　七十一歳

八月、帯広神社において辛夷五百回記念歌会を開く。全社友から「辛夷顕彰」と邸内庭に「歌の石」を贈られる。翌年合同歌集『放流』を、十一月に巻頭言集『散石集』を刊行。

昭和四十七年（一九七二）　七十三歳

潮音第十二回全国大会が札幌パークホテルにて開催。西川青濤の仲介により小田観螢と和解の握手をする。

昭和四十八年（一九七三）　七十四歳

元日、小田観螢没。十一月三日、帯広市文化賞受賞。翌四十九年、第三歌集『幾山河』刊行。

昭和五十年（一九七五）　七十六歳

合同歌集『象限』刊行。五月、『花序と本籍地』合併普及版刊行。翌五十一年、第十三回潮音全国大会（奥湯河原）に出席。

昭和五十二年（一九七七）　七十八歳

二月五日、脳血栓発作にて入院。左半身不随となる。四月、退院、以後リハビリ療法を続ける。

昭和五十三年（一九七八）　七十九歳

七月八日、十勝在住五十年を記念し、狩勝峠頂上に歌碑建立〈朱の落暉野火あとの空そのままに煙れり十勝はばくばくとして〉。『第二散石集』刊行。八月、第一回北海道潮音大会が富良野市公民館にて開催され参加。翌五十四年一月、『歌人野原水嶺』を辛夷社から出版。

昭和五十五年（一九八〇）　八十一歳

第十四回潮音全国大会（名古屋市）に出席。翌五十六年九月、弟子屈町川湯での第二回北海道潮音大会に病をおして参加。また五十六年の誕生日に第四歌集『常緑樹』刊行。十二月、時田則雄角川短歌賞受賞。

昭和五十七年（一九八二）　八十三歳

緑内症により六月ころより失明状態となる。時田則雄歌集『北方論』現代歌人協会賞受賞。この年、体の不自由をおして道内各地の辛夷支社、支部歌会に積極的に出席する。

昭和五十八年（一九八三）　八十四歳

一月、辛夷大会に最後の出席。四月、大塚陽子歌集『遠花火』現代短歌女流賞受賞祝賀会出席が最後の外出となる。六月、北海道新聞「私のなかの歴史」に〈短歌ひとすじ〉八回連載。聞き手は山名康郎編集委員。七月ころよりほとんど臥床。十月十四日、肺炎のため発熱、同二十一日午前二時四十一分、「辛夷」社友らに見守られて永眠。満八十二歳。

（山名康郎編）

あとがき

──歌の鬼──

『歌の鬼・野原水嶺秀歌鑑賞』は三月に入ってから、二週間ほどかけて書き上げたものである。歌は百十一首。どれも秀歌であるという思いによるものである。その一首々々には鑑賞文を添えたが、それらが果して鑑賞文といえるのかは怪しい。百十一首を読み終えていま感じるのは、その歌達を学んだり、味わったり、遊んだりしていたように思われる。鑑賞文の大方は百六十字程度にした。一種のこだわりである。随分短いな、と思われる方が沢山いるのではないかとは思うけれど、こういう類は短い方がいいのではないかと私は考える。それは余白の美というのもあるからだ。一首をめぐって、あの時はどうだったとか誰とどうだったという風な立ち入ったことは書かない方がよいと思ったからだ。煩《うるさ》い鑑賞文は作者にとっても読者にとっても煩いに違いない。従って私はこの鑑賞文の中で、水嶺の個人的なことや、水嶺と私との関係については出来るだけ触れないように努めたつもりである。いったん作者のもとから離れてしまった歌は、読者が自由に鑑賞すればよいのだ（だったらこのような本なんか出さなければよいのにという声が聞こえて来そうだ）。歌の鬼と呼ばれた野原水嶺はどのような生涯を過ごしたのかについては、本書巻末の「野原水嶺年譜」を読んでいただきたい。この年譜は水嶺と親交の深かった山名康郎編であり、氏に感謝を申し上げます。

本書の歌は『野原水嶺全歌集』より選んだ。この全歌集には『花序』『本籍地』『幾山河』『常緑樹』と未刊の『道』が収められている。歌はその全歌集に掲載された順にほぼ従って選んだ。野原一家が北海道十勝国芽室村久山に開拓農として入植したのは大正九年。水嶺二十一歳の時である。生活に窮して弟に農地を譲って教育界に身を転じたのは大正十一年。従って水嶺が開拓や農作業に従事したのはたったの二年だ。がしかし、水嶺は生涯に亘って開拓や農業・農村を詠い続けた。それは農業が好きであったからなのだろう。長子でありながら家族と農から離れたという思いからわき出る悔恨の念によるものとも考えられる。

さて、このような事情によるのであろうか、それらの中には回想によって詠われているものも目立つ。しかも現在形をとっているものもみられる。そこに私には興味がわく。そのような訳で、水嶺の世界を読者が理解しやすくするために、歌の並べ方を替えようかとも考えたのだが、私自身が混乱しそうになったので止めることとした。

野原水嶺は歌の鬼と呼ばれていた。その生涯は波乱万丈であったが、歌に対う真摯な態度は死の際まで変わることがなかった。帯広の「辛夷」の月例歌会に出席するために十五キロ近く離れた隣り町から、砂利道を自転車を漕いで通い続けたという逸話もある。まさに歌の鬼である。

水嶺の歌を選び、鑑賞文を書きながら、あらためて感じたことが幾つかある。

舌になめて下肥の腐熟を知るまでに徹する日あれ菊咲かむとす　『花序』

溝の汚臭になれてしまへば惧るることあらず惰性の椅子にわが凭る　『花序』

グラジオラスの開きかかりし緋の花序がひだり側にあり夜の灯を消す　『花序』

神は不在の北限なればひとの妻をうばひきて移民の村おこしをり　『本籍地』

のごとく、字余りの歌が多い。言葉の斡旋に独自性がある。鑑賞文を書くためにこうした傾向の歌を幾度も読み返したが、どれも異和感なく心に響くのである。水嶺の歌について、水嶺の師小田觀螢は水嶺の第一歌集の『花序』の序で次のように記している。「自由なやうで節度があり、硬いやうで粘りがあり、一本調子なやうで撓ひもあつて、時に、美意識として不調和に近い物を調和しようとし、或いはまた、有り余る真実を以つて、みじかい詩型の桎梏に抵抗させてゐる。言ひ換へるならば、型式のために抑圧され、束縛される内的なものを出来るだけ秩序的に整斉し、統制しようとしてゐる」。更に特色をあげると、湿っぽさがない。ぬめぬめとしていない。これはその生涯の大方を酷寒の北海道で過ごしたことによるのかもしれない。そうであるとしたならば、元北海道大学教授・国文学者故風巻景次郎の「北海道の自然と見てくれが本州や九州やと違うだけではない。そこでは自然と人間との関係が違っていることを身にしみて感じられないではいられない。（中略）三十度圏の日本に真似てはならない」（「北のはての地」）。佐佐木幸綱の「短歌を敗者の所有物にゆだねてはならない。きびしく人間を肯定し、人間の健康さをはげしくうたいあげる基礎的な、しかし根本的な作業を僕らは為してゆかなければならない」（「奪いかえせ」）とも繋がる。歌に使われている用語が、いわゆる短歌的用語を極力避け、日常語（普段語）を使っている点も水嶺の歌の特色といえる。
水嶺は名伯楽とも呼ばれ、多くの新人を発掘育成した。中でも中城ふみ子と大塚陽子は水嶺の短歌真髄を充分に吸収して成長した。

灼《や》きつくす口づけさへも目をあけてうけたる我をかなしみ給へ
中城ふみ子『乳房喪失』

音たかく夜空に花火うち開きわれは隈なく奪はれてゐる
『乳房喪失』

冬の皺よせゐる海よ今少し生きて己れの無惨を見むか
『乳房喪失』

克明にをみなひとりの身悶えを見ませと月にカーテン引かず
大塚陽子『遠花火』

耳のうしろに涙あたたかく流れゆくこの惑溺よいつまでもあれ
『遠花火』

ひとの夫を奪ひし重さはげしさにあはれ漂泊の思ひはやまず
『遠花火』

前の三首は中城ふみ子、後の三首は大塚陽子。二人の代表歌であるが、塚本邦雄は「短歌」（特集・中城ふみ子）で水嶺の十二首をあげ、中城ふみ子について次のように記している。

「中城ふみ子の極初期作品、手習期のを仔細に見れば、その過程もおのづから明らかにならう。卑近な範としては彼女が二十三年から入社した「辛夷」に求め得る。（略）文體（野原水嶺の）にはいささかならぬ共通點がある。勿論この修辭癖や美意識は、ひとり水嶺のみからの相傳とは言へぬまでも、水嶺的潮音手法が、後の中城ふみ子に與へたものの少からぬ證左にはなり得よう」。

長い間の念願であった、『歌の鬼・野原水嶺秀歌鑑賞』を書き終えたいま、私は水嶺の多くの弟子の一人としてほっとしている。私が今日まで歌を詠み続けて来られたのは師水嶺のお陰である。拙著ではあるがその恩返しが出来たと思っている。

出版にあたり、短歌研究社の押田晶子編集長には貴重な助言等をいただくなど大変御世話になりました。記して御礼申し上げます。

平成十七年三月十五日、幌尻《ポロシリ》庵にて
唄姫安東ウメ子の「子守唄《イフンケ》」を聴きながら。

時田則雄

参考文献

野原水嶺『花序』（潮音社・昭27）風巻景次郎『北のはての地』（新墾社・昭29・1）中城ふみ子『乳房喪失』（作品社・昭29）山田忍『作物の育つ土と肥料』（農林図書出版社・昭37）小田勸螢全歌集刊行会『小田勸螢全歌集』（新星書房・昭38）中村良一・黒沢亮助監修『獣医宝典』（養賢堂・昭40）『日本の文学15石川啄木他』（中央公論社・昭42）アイヌ文化保存対策協議会編集・児玉作左衛門他監修『アイヌ民族誌上・下』（第一法規出版株式会社・昭44）梅原猛・校注・現代語訳『歎異抄』（講談社・昭47）『現代歌人文庫佐佐木幸綱歌集』（国文社・昭52）十勝団体研究会編集『十勝平野・TOKACHI PLAIN』（地学団体研究会・昭53）『歌人野原水嶺』（辛夷社・昭54）天間征編著『離農』（日本放送出版協会・昭55）北海道文学館編集『北海道文学大事典』（北海道新聞社・昭56）北海道新聞社編集『北海道百科大事典上・下』（北海道新聞社・昭56）「農村文化運動84号」（農山漁村文化協会・昭56・12）大塚陽子『遠花火』（雁書館・昭57）石本隆一他編集『現代歌人250人』（牧羊社・昭58）『野原水嶺全歌集』（雁書館・昭59）「短歌―特集中城ふみ子」（角川書店・昭59・10）鮫島惇一郎『北海道の樹木』（北海道新聞社・昭61）角

川日本地名大辞典編纂委員会・竹内理三『角川地名大辞典北海道上・下』（角川書店・昭62） 十勝大百科事典刊行会『十勝大百科事典』（北海道新聞社・平5） 榊原正文『「北方四島」のアイヌ語ノート』（北海道出版企図センター・平6） 本田貢『北海道地名漢字解』（北海道新聞社・平7） 鎌田正信『道東地方のアイヌ語地名（国有林とその周辺）』（北海道鉄道印刷所・平7） 萱野茂『アイヌ語辞典』（三省堂・平9） 安東ウメ子唄・トンコリ奏者オキ・CD『IHUNKE』（チカルスタジオ・平13） 帯広市市史編纂委員会『帯広市史』（帯広市・平15）

時田則雄（ときた・のりお）

1946年、北海道帯広市に生まれる。1967年、帯広畜産大学別科（草地畜産専修）修了。父の後を継ぎ農場経営。1998年、帯広市産業経済功労賞。

北海道立帯広農業高校在学中に作歌開始。「辛夷」に入社して野原水嶺に師事。1978年、第14回中城ふみ子賞（辛夷社内賞）。1980年、第26回角川短歌賞。1997年、十勝文化賞。1999年、第35回短歌研究賞。

歌集『北方論』（1981年・雁書館、第26回現代歌人協会賞）、『緑野疾走』（1985年、雁書館）、『凍土漂泊』（1986年・雁書館、第2回北海道新聞短歌賞）、『十勝劇場』（1991年、雁書館）、『時田則雄歌集』（1993年、砂子屋書房）、『夢のつづき』（1997年、砂子屋書房）、『ペルシュロン』（1999年、ながらみ書房）。『石の歳月』（2003年、雁書館）。エッセイ集『北の家族』（1999年、家の光協会）。

現在「辛夷」編集発行人。日本文芸家協会、現代歌人協会各会員。日本詩歌句協会理事。「家の光」読者文芸短歌、「北海道新聞」日曜文芸短歌各選者。帯広大谷短期大学、北海道立農業大学校各非常勤講師。中城ふみ子会事務局長。

検印
省略

平成十七年六月十日　印刷発行©

歌《うた》の鬼《おに》・野原水嶺《のはらすいれい》秀歌鑑賞《しゅうかかんしょう》

定価　二八〇〇円
（本体　二六六七円）

著　者　時田則雄《ときたのりお》

発行者　押田晶子

発行所　短歌研究社

郵便番号一一二—〇〇一三
東京都文京区音羽一—一七—一四　音羽YKビル
電話〇三（三九四四）四八二二番
振替〇〇一九〇—九—二四三七五番

印刷者　東京研文社
製本者　牧　製　本

落丁本・乱丁本はお取替えいたします。
ISBN 4-88551-906-3 C0092 ¥2667E
©Norio Tokita 2005, Printed in Japan

短歌研究社　出版目録

＊価格は本体価格（税別）です。

評論	現代短歌史Ⅲ　六〇年代の選択	篠　弘著	A5判	四九六頁	一一六五〇円	〒三八〇円
評論	戦後の秀歌Ⅳ・Ⅴ	上田三四二著	四六判	各巻 全巻一括	二五二四円 四八五四円	〒二九〇円 〒三八〇円
歌集	敷妙	森岡貞香著	四六判	二〇八頁	三〇〇〇円	〒二九〇円
歌集	エトピリカ	小島ゆかり著	四六判	二〇八頁	二三八一円	〒二九〇円
歌集	夏のうしろ	栗木京子著	四六判	一八〇頁	二五〇〇円	〒二九〇円
歌集	キケンの水位	奥村晃作著	A5判	一七六頁	二八〇〇円	〒二九〇円
歌集	風位	永田和宏著	A5判	一七六頁	二八〇〇円	〒二九〇円
歌集	はじめての雪	佐佐木幸綱著	四六判	二三二頁	三〇〇〇円	〒二九〇円
歌集	朝の水	春日井建著	A5判	二四八頁	三〇〇〇円	〒三一〇円
歌集	茉莉花	川合千鶴子著	四六判	一七六頁	二八〇〇円	〒二九〇円
歌集	滝と流星	米川千嘉子著	四六判	二四〇頁	二六六七円	〒二九〇円
歌集	滴滴集	小池光著	A5判	二一六頁	三〇〇〇円	〒三一〇円
文庫本	近藤芳美歌集	近藤芳美著		一九二頁	一二〇〇円	〒二一〇円
文庫本	大西民子歌集（増補『風の曼陀羅』）	大西民子著		二一六頁	一七九六円	〒二一〇円
文庫本	岡井隆歌集	岡井隆著		二〇〇頁	一二〇〇円	〒二一〇円
文庫本	馬場あき子歌集	馬場あき子著		一七六頁	一二〇〇円	〒二一〇円
文庫本	島田修二歌集（増補『行路』）	島田修二著		二四八頁	一七一四円	〒二一〇円
文庫本	柴生田稔歌集	清水房雄編		一八四頁	一七四八円	〒二一〇円
文庫本	窪田章一郎歌集	窪田章一郎著		一七六頁	一七四八円	〒二一〇円
文庫本	塚本邦雄歌集	塚本邦雄著		二〇八頁	一七四八円	〒二一〇円
文庫本	上田三四二全歌集	上田三四二著		三八四頁	二七一八円	〒二一〇円
文庫本	春日井建歌集	春日井建著		一九四頁	一九〇五円	〒二一〇円
文庫本	佐佐木幸綱歌集	佐佐木幸綱著		二〇八頁	一九〇五円	〒二一〇円
文庫本	高野公彦歌集	高野公彦著		一九二頁	一九〇五円	〒二一〇円
文庫本	続馬場あき子歌集	馬場あき子著		一九二頁	一九〇五円	〒二一〇円